# 《昆仑圣殿格尔木文学丛书（第二辑）》编委会

# 在广袤的土地上放歌

## ——写在“昆仑圣殿格尔木文学丛书（第二辑）”出版之际

在我们这个星球，自有人类以来，精神和智慧的火花就一直与生命的长河相伴相生。文学、艺术的发展也莫不如是。

近年来，格尔木这座耸立在戈壁荒原上的城市，依托独特的地理优势和丰富的昆仑文化资源，各项社会事业发展迅猛，文学艺术的发展也一日千里，呈现出勃勃生机。尤其是国家西部大开发战略的实施，使柴达木盆地各项事业的发展面临千载难逢的历史机遇。柴达木盆地已成为一片激荡着大开发热潮的西部热土，成为我国西部经济快速发展的一个亮点。

格尔木这个 20 世纪 50 年代因路而生、因路而兴的新兴工业城市，因其特殊的发展历程，城市文化中蕴含着昆仑文化的丰富内涵，体现在军旅文化、农垦文化、知青文化、移民文化诸多方面，反映到文学中，就出现了各种文化相互交融，既有区别又相伴而生的特点，辨识度较高。格尔木市前前后后涌现出了一批知名作家，如军旅作家王宗仁，知青作家卞奎、魏忠勇，诗人曹有云、陈劲松等，作家唐明、梅尔更是当下青海省儿童文学创作和现代长篇小说创作领域的中坚力量。他们都是格尔木发展的亲历者，正是他们的这种经历，使他们在创作中体察百姓的所思所想，与百姓心有灵犀，作品更贴近百姓的心。他们在日常的创作中勤于思考，敏于领悟，在平淡无奇的生活中发现人生的真谛，于人们不经意的细枝末节挖掘出微言大义，让更多的人认识和了解了这片土地的人文历史和自然风貌，也让这片土地上建设者的身影出现在了大家的视野之内。

都说文化是一个地方最深远的语境，文化环境也不能单纯理解成物理意义上的环境，对它的理解更不能局限于当下的一时一地。格尔木市文联为不断给广大人民群众提供更优质的文化环境，这几年一直在不断拓宽各个艺术领域，文学、美术、书法、摄影、音乐、舞蹈、影视等各协会都硕果累累，成绩斐然。

2017年格尔木市文联出版了“昆仑圣殿文学丛书（第一辑）”，这是文联成立以来第一次出版系列文学丛书。今年我们又迎来了“昆仑圣殿格尔木文学丛书（第二辑）”的出版，在第一辑的基础上，我们欣喜地看到，这次作者所在的行业更广、涉及的地域更广。在戈壁新城这片广袤的土地上，文学新人不断涌现，文学作品层出不穷，文学队伍不断壮大。他们在这片充满梦幻、蕴含着无限可能的土地上，汲取着丰富的营养，迸发着无穷的灵感，跟随着新时代的脚步放歌，创作出了一大批富有时代精神的可圈可点的文学作品。

使命召唤担当，事业需要人才。新时代的社会主义文艺繁荣发展，需要我们坚持思想精深、艺术精湛相统一的创作理念，需要一大批德艺双馨的艺术工作者付诸实践。要做到德艺双馨，每一位文艺工作者都要时刻保持高度的责任感、紧迫感和使命感，运用我们熟悉和擅长的艺术形式，以胸中有大义、心里有人民、肩头有责任、笔下有乾坤的精神，践行繁荣发展社会主义文艺的历史责任。

习近平总书记指出，当代中国共产党人和中国人民应该而且一定能够担负起新的文化使命，在实践创造中进行文化创造，在历史进步中实现文化进步。这是一种期待，更是一个目标。新的时代已经到来，新的机遇也在等待着我们。

“昆仑圣殿格尔木文学丛书（第二辑）”的出版，是我们培育、壮大本地文学队伍的具体举措，也是对近年来我市文学工作者创作成果的一次较为集中的展示，更是对今后文学事业发展的期盼和祝愿。

此套丛书的出版得到了市委、市政府及相关部门的大力支持和帮助，在此，我们向各位领导和所有相关部门表示诚挚的谢意，也向为此丛书的出版奋力笔耕的各位作者表示深深的敬意和诚挚的感谢！

青山元不动，浮云任去来。愿这片充满希望的广袤土地，今后诞生更多更优秀的作者和作品，愿格尔木这方热土在昆仑文化的滋养下，呈现出更广阔的文化气象和多元化格局！

是为序！

格尔木市文联主席　王　韬

2019 年 7 月

# 自 序

生长在格尔木这片土地上，总有一种浓浓的深情萦绕心间。

枸杞的鲜红，沙枣的清香以及沙棘的酸甜，还有傲寒耐旱的红柳、胡杨，总是在不经意间触动心弦，或引我低吟，或引我浅唱。

我从小受父亲和老师的影响，对古韵诗词特别钟爱，在现代诗流行的时代，依然执着于诗词，徜徉在其中不愿自拔。每于执笔，为古人的精炼字词、精美意象而倾倒，为吟诵时的朗朗上口而动情！

因为古韵诗词受格律所限，许多人被挡在门外，喜欢而不敢挥笔，因此它给人一种古板呆滞的感觉。我初写古韵时也被韵律所困，经过一年多的攻坚，终于能运用自如。时至于此才发现，古韵对文字的应用要求极高，合声韵还要合意境，达到自然流畅精彩纷呈绝非百日之功。

初期写古韵，我用平水韵，后来逐渐用中华新韵。我是西北人，用普通话（新韵）朗读非常上口，平水韵就读不好了，它含南方口音，不是南方人是读不来的。对于平水韵和新韵，写诗词的人有很大的争议，原因在于南北方口音存在巨大的差异。我主张用新韵，在普通话推广非常成功的今天，全中国人都能听懂会讲的语言，非常便于沟通交流。

这部书中词用的是《词林正韵》，诗用的是平水韵，新韵有备注。但在平水韵中我尽可能避免了拗口的方言，使西北人不会因读音而产生拗口的尴尬。

简短自序，以舒心怀。

感谢市文联王韬主席，感谢各位领导，感谢“昆仑圣殿格尔木文学丛书（第二辑）”的编辑老师！

# 目录

CONTENTS

## 第一篇　昨日春风问我心（七绝）

## 第四篇　玉露金风又一秋（七绝）

## 第五篇 低吟浅唱与君酌（杂吟）

# 第一篇　昨日春风问我心（七绝）

# 春天的风

（二首）

## 一

长亭林外两三枝，苣骨斜摇映水池。
或是南墙多有约，碧桃已染几分痴！

## 二

莫道晨昏捉句忙，画眉尚未入时妆。
风儿若解今朝意，但遣桃花到梦乡。

# 窗外的天，浪蓝浪蓝

（新韵四首）

## 一

浩歌阵阵剑孤悬，襟抱霜尘已数年。
窗外如今晴万里，早无清泪寄啼鹃。

## 二

每见枯枝换绿袍，熏风塞北始轻飘。
窗前一览青空净，从此新愁不酒浇。

## 三

湟水河边故土楼，敲窗垂柳未停休。
而今鹂鸟嘤嘤语，偏向邻家那处啾。

## 四

说到儿时笑语浓，寒云褪去换春逢。
从今日日都晴好，坐看青梅复旧容。

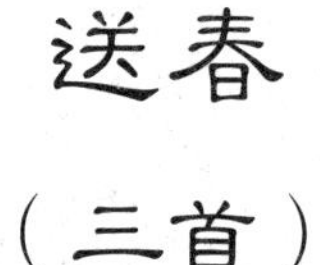

# 送春

（三首）

## 一

昨日春风问我心，可捎尺素替君吟。
黄莺知意轻啼唱，勿使丝弦奏独琴！

## 二

时到今宵谷雨新，青萍遮过旧灰尘。
桃花寞寞随卿去，心若平和或是春。

## 三

袅袅轻烟出远村，余香一缕祭芳魂。
残棋未了孤茶品，可续来年酒半樽？

# 修行

（二首）

## 一

河湟西去客风尘，沐尽烟霞几个春。
袖上汗痕襟上酒，侵阶暮色半幽轮。

## 二

踏水沉云砺几秋，笔端凝墨点轻舟。
只缘看惯浮华事，总把冰心难入流。

# 寂静

（二首）

## 一

本是春浓蝶恋花，昆仑深处雪淹沙。
征云跌落争颜色，染却眉头两道霞！

## 二

莫怪寒浓薄布衾，西城风物未春深。
孤箫伴酒初温好，可有仁君和雪吟。

# 清明时节

沉沉雾霭朝如夕，小岛河中水段流。
春雪偏偏堪做泪，纷纷染白路人头！

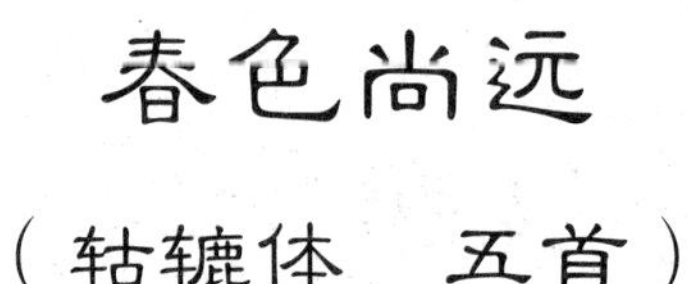

# 春色尚远

（轱辘体　五首）

## 一

流水无情草色陈，东风正送一年春。
昆仑山下抬头望，柳把青芽向客人。

## 二

霜花消尽看青春，流水无情草色陈。
莫道银丝飞面起，黄鹂啼笑白头人。

## 三

（仄）

莺歌莫叹东风慢，激石清泉音妙幻。
流水无情草色陈，绵绵细雨频装扮。

## 四

（平）

莺歌莫叹慢行人，激石清泉奏孟春。
流水无情陈草色，绵绵细雨洗红尘。

## 五

缕缕东风剪翠春，高原二月未随人。
但观河畔排排柳，流水无情草色陈。

# 与诗同行

痴笔常挥与友寻，清词数阕更相吟。
此间且把真情诉，只借春风寄我心。

# 信任

每把东风向柳栽，青阳沐翠未花开。
而今已是春雷动，怎又银霜弄色来！

# 踏春金鱼湖

清泉不负季春流，带入花光韵早收。
若是随心无欲走，湖中几尾伴人游！

# 远山有雪

（三首）

## 一

沙洲春半冷依然，遥见昆仑雪似烟。
惯把风云收笔底，此心何必太痴癫。

## 二

早年自驾上昆仑，龙凤宫前震魄魂。
今日远山尤雪影，风中轻诵旧经幡。

## 三

春分才见碧桃红，相对山头雪映空。
人问今朝诗好法，冰消三尺岂时同。

# 又见桃花开

## （二首）

### 一

入眼风光草木茵，柔枝娇媚粉均匀。
嫣红佐酒三杯后，吟啸陶然恰是春。

### 二

昨夜东君快马鞭，今朝莺语惹丝弦。
春踪不必凭栏久，朵朵桃花映九天。

## 街头警花

谁言十五闹龙狮，可见春风第一枝？
道是喧天锣鼓劲，平安声里警花琪！

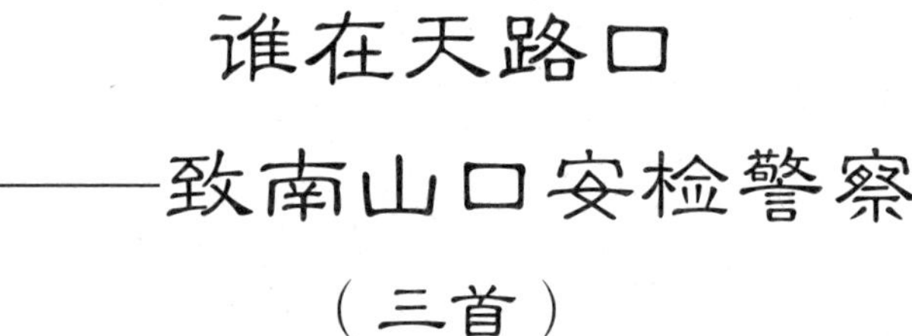

# 谁在天路口
## ——致南山口安检警察
（三首）

### 一

高不高之且细观，层层压过入云端。
劝君慢走天山路，此后行程慎握盘！

### 二

风霜雨雪不曾闲，步踏烟沙也一般。
纵使韶光侵染鬓，导循旅客过天关！

### 三

昆仑朗月好兼程，超载疲劳莫伴行。
无事不关君去意，关君必是路光明。

## 红月亮

百年皓月异平时，羞起清容久立痴。
或是嫦娥今夜醉，欣然重觅少年诗。

# 离思

雨霁南坡枸杞红，挥刀修剪子如同。
而今一样裁枝处，不见青丝绕眼瞳！

# 诗缘

自剪冰花一角清，何堪混沌短尘名。
浮华觑得宽凡眼，且把真魂放远行！

# 梨花

春风缓缓过丛林，翠柳楼前雨露侵。
试问梨花开未有，一樽只待月明斟！

# 柴达木诗社朗诵会

阳春三月诵诗歌，墨友文人俊杰多。
今日欣闻天籁语，几回妙句震心波！

## 春天里

东风次第道殷勤，阵阵雷声已可闻。
今日又斟长久计，早思早理早耕耘。

# 演绎一场春雨

断续凉云细细飞，丝丝缕缕入春围。
远来古道斟诚意，只待名花绣嫁衣。

# 花

盈盈一笑醉清风，玉貌花姑惹眼瞳。
最忆去年飞蝶处，半枝青涩半枝红。

# 采风

（二首）

## 一

轻车遥指锁阳川，一路奔驰入野烟。
五子湖边颁酒令，柳红成阵月成弦。

## 二

春深最是草葱荣，踏野时惊雀乱鸣。
莫问多情谁与共，柠条叶下舞蜂轻！

纤指南园拈翠叶，衣襟拂落露轻轻。
曾经一笔枝头住，谁道春风吹不生。

# 千里之外

## （二首）

### 一

圣泉甘洌润枯肠，上有征鸿又返乡。
故里河山堪醉否？春风不解客心凉。

### 二

绿水门前少故邻，桃花十里也烦人。
云来云去皆成景，别了青葱剩率真！

# 叶上的露珠

昨夜东风远送春，偏偏留叶玉珠新。
七分清秀三分泪，梦里花期可是真？

# 倒影

柳舞河堤水鹭鸣，江中伴影不离行。
东流此去舟山险，勿把冰心染垢名。

# 第二篇　今时布谷唱殷勤，遥望昆仑卧白云（七律）

# 夏日

夏日农家绿满田，清风邀我到村边。
葡萄架下蜂虫舞，沙枣枝头雀鸟旋。
本愿不求名与利，平生欲伴水和烟。
酸甜皆是无须记，百味殷勤赋自然。

# 夏至格尔木

今时布谷唱殷勤，遥望昆仑卧白云。
枸杞开花枝上闹，牛羊结队路边欣。
雪河水逐裁成句，原野风摇赋作文。
华夏诗家如有梦，便来此处可耕耘。

# 路

夏日行来颜色好，流光处处映清新。
牡丹芍药红如火，沙棘胡杨翠似春。
雅劲装成壶底水，悲欢踏作路边尘。
愁怀未敢伤心气，素志当期共此身。

# 群加林场

欣闻峻岭青松叠，万顷红花竞相开。
织女踏云银汉出，诗仙提笔下瑶台。
金梅散落随风送，黄菊飘香沐露来。
妙境怡人邀远客，群加演梦待君猜。

# 五子湖徒步

乐与文朋共并肩，斟诗酌律赴金川。
草原深处鲜红柳，五子湖边翠苇天。
一脉谦心情趣至，几支梦笔意为先。
更将戈壁张鹏翼，览尽风光换雨烟。

# 贵德

闲来轻驾趁朝阳，一处青山一处妆。
贵德白云投玉影，黄河碧水泛霞光。
千姿湖里三千曲，坎布拉藏九万章。
更会良师如浴露，心花长现总余香。

# 怀母

芳草离离暖渐侵，绿槐院内已成荫。
育雏飞燕廊前逐，携幼黄鹂听好音。
但见春晖皆可报，焉知画影是吾寻。
应怜旧梦翻新梦，休念词深更夜深。

沉沉暮霭染戎衣，一望危崖晚雀飞。
北苑区中张霓彩，南山口外敛寒晖。
佳期才近烟花起，无酒难看皓月稀。
独对早春风我向，开襟袖手忘还归。

# 夕阳

离情无限诉谁听，回望残阳柳影陉。
已老流莺声渐去，半枯江水汛难停。
但悲俗事心违愿，长恨韶光改黛灵。
脉脉新愁曾理旧，熏风一缕远叮咛。

# 父亲

时光万物几番秋，明月伤情父鬓头。
坎坷曾经身不定，沧桑历尽眼无忧。
平生知世风前唱，年事看春雨里舟。
棋子数枚灯下影，案台笔墨慰诗酬。

# 初夏

绿树围屏画阁东，楼台倒影入塘中。
天鹅戏水隐青黛，荷叶栖云浮碧空。
四季轮回归土地，相催万物系天公。
凭栏试抚清凉意，罗袖轻留一缕风。

# 兰花

## （二首）

### 一

花姿淡雅影留清，嫩蕊无香韵自生。
因识千年圆缺月，才知万里有啼莺。
芳心寸寸何辞梦，秀骨芊芊不为名。
道上当风摇落寞，喜忧多见可看轻？

### 二

清颜剑叶早闻名，气质馨香百韵生。
疑是文君超世外，浑如仙子踏歌行。
芳心一寸诗魂赋，灵秀三千玉骨筝。
莫问春风吹几许，兰开时节自多情。

## 诗心

平生恋读古诗词，唐宋名篇尽熟知。
李杜佳吟悲喜墨，二安逸事合离奇。
惯听水调歌头美，常论霜天晓角痴。
愿是灵魂归守处，清心淡雅自明之。

# 格尔木春来早

（六首）

## 一

昨夜春风抚草丛，蛰虫睁眼觅西东。
千枝红杏初争艳，两岸榆杨喜暖风。
正遇昆仑邀射箭，巧逢越野赛车雄。
引君今日无须诵，对饮青稞酒万盅。

## 二

西城文笔亮新装，十里春风送暖香。
开路先锋杨柳到，护航勇士杏花当。
几壶美酒亲朋聚，一阕清词韵味长。
酣唱何如心亦惬，人生此处沐朝阳。

## 三

曲径乡村覆碧纱，暖阳常照是农家。
一犁微雨春耕浅，几缕清风织梦斜。
早播千斤天意顺，晚斟三盏看烟霞。
只听青帝殷勤语，努力园中植杏花。

## 四

雁贴流云缓缓飞，和风习习送天机。
南山寒雪常年积，北苑萌芽嫩手挥。
疏柳含烟催雅客，桃花带露斗芳菲。
禀怀赋曲踏青早，乘兴呼朋拈句归。

## 五

盐湖城内早来春，楼院笙歌柳近人。
万物随阳青色染，千枝寒别换颜新。
河边甥舅风筝起，镇外姑嫂舞健身。
正是一年风景好，杏花林下醉乡宾。

## 六

清明时节约游人，今日相逢又一春。
临岸杏花颜色好，公园翠雀叫声真。
南河碧水知心事，北地金阳暖此身。
偕子伴卿不寂寞，满城新意醉红尘。

# 车过德令哈

（新韵）

汽笛声里海西天，云淡风轻雀野旋。
柏树山峰香翠染，巴音河畔苇生烟。
心观美景情难禁，口占新诗意自欢。
寻道悠然林场过，何来海子厌人间？

# 千里之外

曾记田园玉麦香，双飞紫燕柳间翔。
蒹葭叶上尝清露，沙棘林中品果浆。
竹马骑来知冷热，青梅熟日却忧伤。
秋风不语埋柔骨，野草殷勤作嫁裳。

# 当你老了

秋后蛙声唱暮寒，柔风轻送晚霞残。
淡云起处还留忆，圆月弯时不影单。
休叹鬓斑今渐白，且将诗句慰心宽。
莫疑前路流光少，怀抱人生把手蹒。

# 第三篇　青鸟鸣空流诗韵，谁取清风一卷（词）

# 莺啼序·春事旁顾

挥毫每敲翠色，总霜风雪布。说时序、雀也堪啼，犹似春事旁顾。柴达木、春分正近，寒烟淡隐千家树。问李桃曾醒，任凭白纱花絮。

昔故乡时，朝阳逐起，已教垂柳舞。小儿剪、裁做青萧，太平谣里吹去。凤凰山、鸾飞入曲，几声叫、随来疏雨。趁甘霖，轻把耕犁，细翻几度。

粼粼水线，淡淡霞升，今难见尺素。独望夕、江山寂静，冷冷清清，往事埋香，思量不住。犹存残梦，无声长恨，谁人解冻昆仑水，看金鳞、嬉戏浮光处。蒹葭发绿，笙歌阵阵临波，尽心里万千语。

殷勤待写，紫气寰球，唱作君子赋。碧草地、银云晴煦，一局棋盘，快意情怀，点乾坤步。梨花颂起，桃花开起，江湖笑傲携手度，趁纤尘、落尽沙洲路。待看踏破风云，青帝来时，有歌满户！

# 凤凰台上忆吹箫·十里桃花

十里桃花，行之不尽，恍如世外桃源。正好是、莺飞草长，叽戏青烟。林里忽逢缓步，拨枝叶、别样光颜。风轻拂，欣意未妨，阅遍其间。

应携紫壶玉笛，同与共，笙歌曼舞清欢。淡香处、蜂飞蝶起，皆是蹁跹。纵得千山万水，尘世里、唯愿同还。凭谁顾，终是一日之缘！

# 江城梅花引·迎春

烟花鞭炮没乡村，暖氤氲，醉氤氲。赋阕新词，格外显精神。小径熏风轻拂面，贺新岁，共欢歌，唱醉魂。

醉魂，醉魂，笙堪闻。越弦频，花鼓抡。舞步舞步，舞一片、盛世祥云。欢乐今宵，万象更从新。紫气东来春复始，枝欲翠，雪消融，鸟结群。

# 江城梅花引·天空

霜风撩发冷侵门，是悲痕，是愁痕。只影纤纤，无语对冰轮。河汉双星均入梦，独立处，对残更，数薄云。

薄云，薄云，莫殷勤。怨已存，恨已存。看也看也，看不透，俗世陈尘。指下轻寻，万缕是清魂。顾盼千回花也瘦，人更瘦，拜观音，了宿因。

## 苏幕遮·醉吟

饮甘醇，人欲醉。正好春时，时处桃初蕊。缕缕清风迎面起，柳发庭园，竞做争先翠。

更倾谈，多趣味。弦越笙歌，别是痴诚意。曲赋诗词皆得喜，拳令声声，不尽欢情里。

# 苏幕遮·秋天的样子

雁翔空，霜叶乱。几缕秋风，风扫残红远。小径无人收暗叹，欲问黄花，总是相逢晚！

夏和春，乡路漫。两处深幽，幽梦频频怨。唯有深情呼一遍，均入愁肠，直抹相思眼！

# 水龙吟·乌兰托娅

草原人静声沉，乡根零落知音渺。含熏素影，幽贞忍叹，初心怎好。未许归期，亦曦光起，牧歌谁表？看毡檐雀子，啼声落耳，空教是，炊烟袅。

独向乌兰眊瞭，马头琴、弦难灵妙。长杆套马，失其缰索，心神俱恼。河里鱼孤，北坡羊懒，怎堪笙调。恨芳菲竞艳，东风不与，叫人微笑！

# 暗香·岭山满月

岭山满月，记那年一笑，笙歌明彻。剪剪紫衣，素质亭亭玉冰洁。天际疏星点闪，如同在、九霄仙阙！尚记得、合唱西厢，粉黛见红热。

年越，语竟咽。叹客水路遥，黯然无悦。扣弦懒拨，丝竹青梅两空缺。人自飘零去远，何处觅、晚来诗阕。尽悴了、堤上柳，叶无风拂！

# 贺新郎·浪头舟远

独向秋江晚，沐金风、疏星几点，浪头舟远。曾去东南留怀念，所剩相思不断。又暮霭、心烦意乱。灯下重铺宣纸笔，记轩窗、把手描眉眼。怎画得，舞双扇。

曦光透影东窗显，旭云低、啼莺叫处，总教人懒。青鸟鸣空流诗韵，谁取清风一卷。那玉树、令人顾盼。万里云帆何时到，问江天、几次回飞雁。难过了，影娇倩。

# 曼丽双辉·元夕家国情

恰新元复始，昆仑瑞雪报华年。风清眼界，诗怀慰藉，心源处泛波澜。拔节方祈舒远志，虚怀早著识霞川。家园临旭日，长歌击斧破冰坚。

男儿走起，客子随欢。一带兼之一路，挥指从今点江山。车马通天下，坐地起金元。更向杯中添劲酒，微笑罢，正要英雄热血沸腾天。

# 满江红·致人民军队九十华诞

九十年前，烽烟乱，百花失色。江北岸，有风流客，凛然告敕。剪起清诗枪上字，倾杯豪酒虹光雳。事无常，明盛世人生，当为策。

知今日，霞光织。中兴路，千般力，奈何闲不住，美日魔蝎。对镜方知任重远，临风便觉韶光昔。复兴歌，曲曲壮怀声，男儿激！

# 临江仙·行走

暮鼓敲来片叶，闲云归去相同。擎杯黄酒问清风。与君山寺处，访故法门空。

万里山川一日，松溪懒顾云中。千般辜负好红枫。难窥明月影，洒落桂花宫。

## 桂殿秋·蓝色的野菊花

秋月里，凤凰山，蓝菊已醒碧波澜。同吟乐府听花语，共读诗经永夜喧。

# 八声甘州·痛饮春风

又碧空万里起龙云，顿时漫青天。渐萧风声劲，挥鞭卓玛，收小羊圈。却是早春天气，喜怒一时间。独有雕鞍上，牧曲阑珊。

忽见格桑花叶，独自开却瘦，珠泪涟涟。叹新词写就，少却蝶蹁跹。想当年、风姿灼灼，共双骑、马上酒歌欢。唯今日，花香又至，露雨空涟！

# 鹧鸪天·为君十赋

## 一

送过村头涌泪泉，为君一赋鹧鸪天。青桥不忍柳双折，白塔空教燕影单。

从此后，忆朱颜，无涯江水在天边。应怜路远常修信，只待秦筝绕玉轩。

## 二

正是红肥绿淡颜，为君二赋鹧鸪天。举杯赏景情难禁，对镜怀人梦久牵。

榴火俏，藕花妍，繁缤已过忘春阑。熏风几缕裁联句，留与孤灯好夜眠。

## 三

又见蛾眉月半悬，为君三赋鹧鸪天。案头笔墨今偏废，屏上词歌写未闲。

灯昏暗，夜阑珊，诗穷信号断相连。痴痴瘦损心神意，不信春来梦不圆。

## 四

枕绕星华鬓绕斑，为君四赋鹧鸪天。温柔谁借存心底，萧瑟风推聚眼前。

案上烛，手中弦，曾经帘下唱痴癫。今宵瓶内玫瑰瘦，望落窗花月影单。

## 五

独步胡杨鸟对喧，为君五赋鹧鸪天。云鹏更举愁何复？燕语思来一笑间。

原上草，碧如毡。牧歌数曲快挥鞭。诗中多少年华去，奶酒千杯不醉眠！

## 六

七月昆仑荡苇绵，为君六赋鹧鸪天。雪莲空放鹰飞处，虫草僵枯人未还。

峰独立，鸟双旋，羚羊蹦跳不曾闲。登高把笛无弦对，石径阶台步履残！

## 七

沙棘油黄味又酸，为君七赋鹧鸪天。霜红沾有秋啼泪，雀影惊因岭白阡。

歌回落，曲幽绵，举杯难效酒中仙。当时别处秋凉影，欲掩偏生菊灿然。

## 八

碧水微凉草色残，为君八赋鹧鸪天。眼如秋事杏红叶，酒似晨江波助澜。

听风急，抚平弦，高山流水与谁弹！披襟独唱江东去，可有塘前那朵莲？

## 九

夕照萧疏绝杜鹃，为君九赋鹧鸪天。莲湖已少青梅酒，曲榭空萦竹马残。

寻因果，问尘缘，瓦檐霜积更如前。今生枉作沉浮计，唯有清词伴月眠。

## 十

冬晓风停雪压山，为君十赋鹧鸪天。梅开香起暖庭里，犬吠声惊冷竹边。

转朱阁，绕青轩，村桥寒水影无还。当年颜子安归语，此日双眉可笑弯？

# 浪淘沙·吊兰

簇叶自天然，花小犹怜。未将朱粉污清颜，相对小窗诗雅诵，缓结疏繁。

且看长垂端，自得清闲。品尝凉月几回弯，也采书香来做伴，随遇而安。

# 风入松·从一张白纸上下来

一张白纸载红尘，多少烟云。但凭饮墨滋精气，权借参、禅静微身。莫道性灵雨洁，只知翼薄风频。

莲花湖畔恰逢君，动客心神。填词一阕星空里，怎令壶、空了清醇。莫忘那杯明月，留来与尔酣醺！

## 江城子·邻居

云飘原上意飞扬，绕坡梁，牧牛羊。卓玛欢歌，共去逐花香。记得飞来双鹤鸟，排对翅，向天长。

花香还是那花香，笑春光，舞春光。今日新邻，不见旧时裳。孤寂西窗风不耐，寻借问，更迷茫。

# 御街行·一朵腊梅

花浮玉影冰霜闹，时雪霁、枝头俏。幽香衔梦不须疑，何惧西风烦扰。云头诗落，骨横高品，常做窗前笑。

窗前笑里风华好？把盏酒、狂书草！相期遥远几时歌，圆月明来归早。纤尘拂去，齐看星月，从此疏眉了。

# 鹊桥仙·七夕

（二首）

## 一

盈盈秋水，风光依旧，又是一年如愿。彩虹桥上再相逢，诉别后、茫茫星汉。

红绳系梦，千千情结，瘦影徘徊彼岸。年年此刻忆当初，任多少、柔情肠断！

## 二

银河鹊影，哪堪霜镜，今夕手牵昏晚。波涛声里恨年长，轻声诉、相顾泪眼。

情深似海，烟轻缘薄，愁绪赋诗诗乱。流云织锦莫寒侵，人将老，几回再见？

# 摊破浣溪沙·秋雨

一夜窗前漏不停，香寒菊蕊少兴荣。更有风来扰清梦，乱和鸣。

略逐情怀闲习字，慢吹笙曲管弦轻。薄酒几杯无限闷，少人声。

## 浣溪沙·木窗

每忆儿时除夕忙，萱慈折纸木棱窗。挥刀剪个福临堂。

昨日床前风入耳，今宵檐下月如霜。清晖不照故时乡。

# 浣溪沙·贵德行

问道黄河相伴过，游舟云影逐烟波。临风把酒共笙歌。

寄意千姿湖畔去，放怀仙阁趣情多。长虹卧坠牧羊坡。

# 浣溪沙·初夏

云淡天高燕逐旋，悠悠柳线静垂弦。钓来小鲤荡秋千！

此景只陪天地老，此身将许伴君闲。踏青戏水共相干！

# 浣溪沙·从一首诗中醒来

沙棘油黄枸杞红，酸甜咸涩可曾同。旧歌萦绕四时风。

昨夜诗情藏梦里，今宵旭日照青空。小园酌酒数千盅。

## 昭君怨·狐仙

人道仙姿娇艳，可见叶花霜染？更遇北风吹，乱飘飞。

飞去莫留沟壑，应在萤灯窗阁，那案未焚檀，影存寒。

# 清商怨·鹰

昆仑鹰做素羽展，奈早春意浅。绿字迟迟，和风依旧远。

欲将翔翅九万，任我行、破雾霾散。正问斜阳，斜阳闻不管。

# 一剪梅·秋

枸杞黑红颜色娇，地里轻摇，路上香飘。村前沙棘笑秋高，孩子欢跳，媳妇偷瞧。

雁阵几行绘九霄，今日相招，明岁回巢。痴情笔底入诗豪，水色笙调，山色歌谣。

# 一剪梅·昨夜风呼带雪涛

昨夜风呼带雪涛，树满银硝，地满萧条。去年归路艳阳高，少了飘摇，多了歌谣。

一片乡愁待酒浇，心去烦扰，人去离骚。思量无尽意难抛，晴也明朝，雪也明朝。

# 一剪梅·晚秋

朵朵黄花别样秋，院里娇羞，山里霜稠。南飞雁过白蘋洲，日望归舟，夜望西楼。

月上枝头满地幽，未卜书邮，音讯全休。怎堪把酒独浇愁，醒也悠悠，醉也心头。

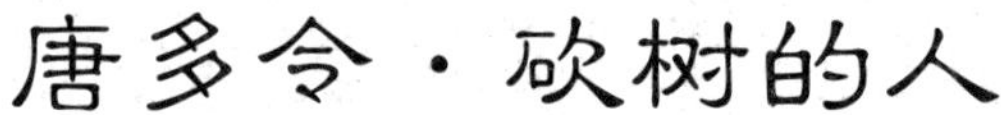

# 唐多令·砍树的人

昔日绿参天，纳凉悦故园。笑眼眉、曲赋成欢。今个西风真是冷，由不得，半分言。

年事看春阑，平生乱绪翻。本擎梁、浑逐云烟。雷动声声成泣涕，莫非是，醉吟眠？

# 阮郎归·界河

笛声又起凤凰山，徘徊枣树前。枝头孤子独垂悬，怎留花落天。

界河路，两乡园，寒侵衣角单。纵然归去也难眠，不如抚酒弦。

# 踏莎行·相逢

柳放红花，杨沾赤露，蒹葭沙枣啼莺住。熏风时至唱乡歌，越弦起调声如故。

醉那些时，思这曲赋，惹来蝴蝶翩翩舞。任将志趣话言中，冰心只在莲花处。

# 踏莎行·金银滩采风

燕晓天晴，鱼知水暖，泉琴絮语来相伴。金银滩上觅芳菲，欣欣嫩草生香汗。

金露梅开，蘑菇起伞，新词一曲回肠转。草原歌梦有知音，斜阳声里相逢晚！

# 踏莎行·金银滩相聚

原上寻芳，溪流引路，风和日丽吟诗去。黄鹂落羽望峰坡，花香一阵谁同度！

绿野摇波，瑶池散雾，青稞玉酿留人住。风轻若梦意何从？与君携手春归处。

# 更漏子·傍晚

柳枝摇，青杏小，庭院蝶飞轻绕。风几度，乱乌丝，黄昏尤作诗。

丁香树，誓言处，堪叹夕阳不住。一阵阵，倚楼栏，紫霞淡眼前。

# 蝶恋花·半卷旧书

昨夜东风轻抚柳，晓湿栏杆，却是初停漏。枝上流莺声啭旧，南窗独把瑶琴奏。

柳絮纷纷添乱酒，醉起心头，又被风吹走。半卷诗书谁读透，轻愁几许无门扣。

## 念奴娇·端阳

长河远上，淌流光珠玉，为忠魂舞。天问离骚千载颂，溶入九州乡土。竞赛龙舟，飘香糯米，角黍怀诗祖！如梭年月，晚霞声里归去。

今夕把酒狂呼，长虹正气，饮尽情方住。起舞九歌歌不尽，一世浮沉何故？笑我痴诚，扬帆而发，妙笔通文步。烟波江上，沙鸥飞起无数！

# 清平乐·写一回春风辞

春风过处，数次清新露。几个门前桃花住，频惹佳人眷顾。

举步轻踏春泥，游来偶至河西。望柳庄前盈绿，何时紫燕翻飞。

## 清平乐·与诗同行

阳春归处，恰与君同步。一路杏桃苞欲露，听取莺啼无数。

昆仑更遇和鸣，声声诵尽痴情。总被诗陶醉了，江山万里澄明。

# 清平乐·问月

缺圆有影，尔在何时醒？清韵流辉遥天冷，奈喜夜深人静。

试问万里飞仙，可曾挽袖鸣弦？流水高山旧曲，是否与我重弹？

# 渔歌子·春风

今朝亭前独立时，碧桃含苞待展姿。分半席、笛同吹，春风一起入罗帏！

# 虞美人·乡愁

夜来重读经年句，又把春秋数。艰辛步步未蒙尘，因是故人曾送一枝春。

飞花乱絮三千叹，词阕留河汉。此生如梦任飘零，何日秋风回送故乡庭！

## 虞美人·藏女

兴来原野朝阳处，蜂蝶青稞舞。韶光几尺写芳华，别样清心痴醉那边霞。

东风趁早轻轻诉，谁懂相思语。格桑花俏沐牛羊，奶酒一壶可以解衷肠！

# 卜算子·雪魂

心是水之魂，身是云之影。风卷残云冽冽寒，花事谁能省？

欲改共生踪，也护根芽醒。若说无情却有情，独在天涯冷。

# 卜算子·一只麻雀

门外数枝青，旭日闲庭照。常唤飞花何故迟，梦醒召回笑？

分羽几春秋，怎遣心头恼。过尽韶光不见归，又送黄昏了！

# 卜算子·杏儿雪中去

杏儿落窗前，冷雪遮容去。依遍栏杆唤不回，寂寞消无处。

曾面凛冽风，亦伴炎阳雨。若到明年再遇春，共在枝头住。

# 卜算子·酒性

茶色淡清淳，酒色浓香气。欲问痴人可识别，茶酒分明味。

昨日与君逢，又见沉迷泪。道尽温词不肯听，莫怨周书礼。

# 破阵子·腊八

腊日来时尚冷，晨光又放清明。河谷孩童奔向去，冰上歌谣飘几声。麦田喜鹊听。

小麦寒冰锤炼，麦仁剔透晶莹。粥做温馨汤做福，且喜来年迎太平。娘亲笑脸生。

## 破阵子·岁末感怀

解语红梅万点，伤情明月千杯。谁共西窗灯下影，笔落诗痕慰墨知，此时叹旧时。

万物循环序岁，奈何两鬓丝衰。坎坷曾经心未定，历尽沧桑眼色痴，流年如梦飞！

# 西江月·忽觉霜花粘发

忽觉霜花粘发，才知秋尽冬还。一轮明月落枝边，又是东方晨转。

昨夜魂游故土，相争竹马飞鸢。醒来愈觉满心欢，怎奈天边人远。

# 西江月·邀月同来醉话

邀月同来醉话，秋风也共嘘寒。依稀菊影曲调单，昂首不曾埋怨。

磨炼经年终定，冰霜熬志今坚。此生有幸踏山川，缕缕诗情久远。

# 喝火令·柔情丢失在风中

小雨飘飘落，花开淡淡红，柳丝轻点水池中。心事泛波微漾，谁解此情浓！

昨日柔情去，无踪在冷风，却愁云雨洗娇容。醉也黄昏，醉也半帘空，醉也梦移香袖，月隐万花丛！

# 十六字令·风

（三首）

## 一

风，百万工农势若虹。挥镰斧，换了旧天空！

## 二

风，肆意东西南北中。春冬替，又见杏花红。

## 三

风，四季强柔各不同。昆仑下，呼雨沐春容。

# 青玉案·清明

桃红梨白迎风处，更吹落、经年绪。时至清明思念母，丝丝不尽，灯昏门户，茶饭全无趣。

凄凄欲诉无明路，泣涕连成断肠句。苦忆当年慈爱去，万千恩宠，牵知几度，唯有伤迟暮！

# 第四篇　玉露金风又一秋（七绝）

# 狗尾草

（二首）

一

碧叶绒身罩素纱，清灵一颈满天涯。
俗心不落随风舞，青帝来时复发家！

二

居身山野自清遐，不羡风中百媚花。
只待重阳诗意起，便成秋色染芳华。

寒月枝头白露痕，园前蝴蝶影无存。
扶风写下多情句，留做明年续旧魂。

# 玉珠峰

雪海苍山纳劲风，极门峰立气如雄。
凌云已上千层仞，犹在青天俯瞰中。

# 秋

## （三首）

### 一

西风瑟瑟卷初寒，独拣从容次第摊。
一抹绿荫离旧梦，万枚红叶秀新冠。

### 二

年年霜降叩长栏，冷落空庭默默观。
红叶题诗犹未忘，付与流水渐敲残。

### 三

满山秋色尔敲尖，流水行云信手拈。
今又初秋风瑟瑟，谁收岁月做书签？

# 红柳村

今日秋风万里平，疏云鸿雁逐高行。
踏来红柳村边道，枸杞芦花气色清。

# 大棚里

满架丝瓜吊顶梁，暖阳阵阵带花香。
红椒未觉肩头落，一霎人随到梦乡！

# 白茄喷淋

走进农家大菜棚，茄如白玉紫花萌。
喷淋唯觉丝丝雨，直叫心头点点清。

# 沙葱

埂边久立望葱荣，难耐乡情意不宁。
心上浓愁畦上绿，一茬割过一茬青。

## 秋声

谁家小院少秋风，可是飞鸿去意匆？
好在西门红杏叶，雁声摇落尚初衷！

# 半坡遗址

一程烟雨灞桥边，借向陶瓷辨古天。
兽脊骨针皆似语，燧人钻木智如仙。

# 斯人

（二首）

## 一

萧风近日做频吟，异地飘萍未静心。
独抱月轮仍嗜酒，斯人可否感秋深。

## 二

云烟坐望雁鸣秋，黄叶枯零舞旧愁。
最喜临风吟素月，诗成之际便无求。

# 客栈

（二首）

## 一

秋风染叶柳枝摇，明月今时照断桥。
落落孤怀何必剪，飞鸿昨日过山腰。

## 二

黄花开处日偏西，瘦骨含诗酒具齐。
无奈中秋回不得，更兼风紧鹧鸪啼。

# 蒲公英

（二首）

## 一

送雨清风问此秋，花心一度可曾收。
飘摇不谓身行苦，落地从来即莫愁。

## 二

轻盈若羽亦如纱，四海飘零处处家。
纵使求生荒野去，春来有梦也芳华。

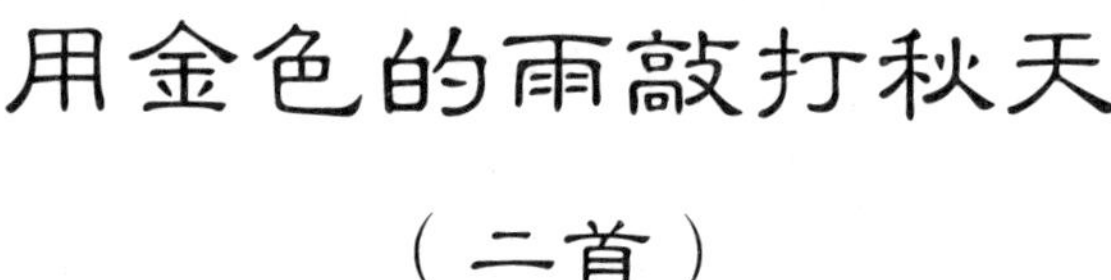

# 用金色的雨敲打秋天

（二首）

## 一

又见东园簇簇开，清风送露小亭台。
因缘留下闻香路，去岁伊人可复来？

## 二

惯浴沙尘惯沐风，何曾妩媚羡青红。
迎来玉露敲秋色，也入金涛巨浪中！

## 饥荒年代

几十年前雨雪狂，榆皮苦菜剥山光。
而今日照金秋季，不复河湟白骨殇！

# 菊

（三首）

## 一

不慕繁华不恋名，经风历雨把秋迎。
折来几朵瓶中瘦，开在园中更动情。

## 二

盐城日照菊萱菁，市野堂前竞向荣。
好是春风今又到，要将秀色往南横。

## 三

秋风吹入小庭轩，浅紫深黄竞相繁。
暂借芳菲颜色好，明朝伴客下湟源！

# 酒后

经年孤旅醉唯求，酒后风清又起愁。
好在今秋圆皓月，可平心底绪如流！

# 写信

（三首）

## 一

满目心扉笔一支，封黄笺淡两相宜。
分明写尽秋之半，雁去春光可入诗？

## 二

空来雁阵斗高翔，人字排排向远方。
取墨急书弦越曲，可捎尺素到家乡？

## 三

玉露金风又一秋，昆岗红豆早丰收。
而今满纸苍凉色，不见当年绕指柔。

# 在一起

（二首）

## 一

那年沙棘映秋阳，戏品酸甜笑语长。
今又天高云淡日，春心化水已成凉。

## 二

风中垂柳叶还深，花事纷飞冷色侵。
好在昆仑元朔月，迎来琴瑟去千寻。

# 那一年

芦苇飞花落小舟，金鱼湖畔矗孤楼。
驼铃摇走双峰远，记见红鸥第九秋！

# 养鸟的人

种豆河湟日月忙，平弦鸟语伴时光。
而今遥望家山路，天际烟霞客水长。

# 割草

（二首）

## 一

风过青山雨入秋，笙歌童趣一镰收。
不知蝈蝈鸣何处，草色深深绿尽头。

## 二

蝉声未既素秋歌，树影婆娑碧草多。
试问儿时欢最绝，挥镰斩乱马蜂窝。

# 群加

## （三首）

### 一

山谷秋深午雨时，牦牛野兔趣相追。
踏来九月青松道，缕缕阳光映发丝。

### 二

淡云薄雾路如何，盘岭天边雁去多。
好在群加风景秀，与君今日唱山歌。

### 三

乘遍清风那处柔，松林尽染妙心头。
流光照散凡人绪，一曲随云唱醉秋！

# 秋蝉儿

瘦柳吭歌半哑喉，金风玉露不时留。
常呼鸿雁翔天事，岁岁相逢总是秋！

# 萤火虫

萤入庭园点点流，何如火性见温柔。
虫声已过儿时少，夏雨秋风染额头！

# 七朵莲花

风中嗅到一丝凉，六朵循环冷暖尝。
若会此时流水意，心莲独捻返魂香。

# 山

莫笑风尘送鬓斑，匆匆步履问谁闲？
若贪名利心中住，一缕寒烟一座山。

# 刀马旦

冷落银针练剑刀，一身豪气卷波涛。
都言女子非英物，幕后台前总若潮。

## 秋雪

银装万里写灵山，风雪浮云各半湾。
或许寒冬争此季，忽然冷冻一秋颜。

# 十月胡杨林

晚秋十月不同天，一片金黄一片烟。
重入胡杨苍劲处，流光遍染满沙川！

## 枫又红

翠华辞去染红秋，倚遍枫烟阅尽柔。
故土楼边千叶处，何时明月照眉头！

# 垂钓

（二首）

一

缈缈寒云罩远山，随流舟泛荡江湾。
渔翁或许心头闷，一斗青烟钓具闲。

二

山水云间一钓翁，半江空絮半江风。
今宵风絮随云去，谁并渔翁一样同？

## 晚沙洲

残阳归雁到湖丘，正是蒹葭伴晚洲。
几度微风摇又起，何时故土复春柔。

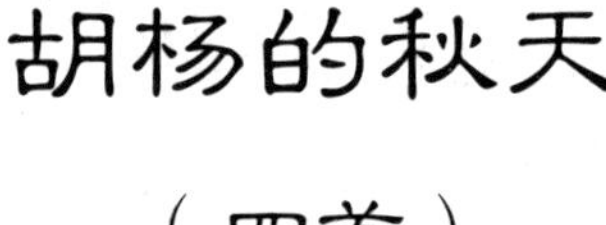


（四首）

## 一

敢问何枝似此枝？宜诗宜酒惹人痴。
风沙多少皆随性，已惯霜前唱月词！

## 二

风姿悄转带微凉，碧叶今朝换浅妆。
偏是鸣沙狂未得，流光过处愈金黄。

## 三

黄沙梦里总成痴，历尽沧桑是此枝。
折断身躯魂亦在，随风西去到龟兹。

## 四

白云似雪果如何？迷客风光依旧多。
苍劲为诗坚为性，沙欺尤向九天歌！

# 柴达木枸杞随吟

（三首）

一

颈鹤啼秋惹子吟，手持刀剪乱浮沉。
分明娇艳皆红果，偏是庸人扰此心。

二

叶翠云天雀竞啾，新红枸杞笑初秋。
忽惊果动枝摇处，一缕熏风绕指柔。

三

鸣秋灰雁乱秋心，枝上秋思复又吟。
已把秋光裁剪住，秋诗带笑作弦琴。

# 都兰花海

（二首）

一

蜿蜒小径透松霞，映遍红尘艳素花。
忽见吊榴苞欲吐，莫非春气此留家？

二

握得灵心入梦中，霞光尽染一山红。
起身再跃横空舞，头上青云脚下风。

# 秋风辞

（六首）

## 一

南山彩练雪红妆，谁惹周公引梦翔？
偏是相逢言未尽，丹枫金叶报重阳！

## 二

（新韵）

城内榆杨翠半眉，松青菊艳看鸿飞。
今朝但趁斜阳热，唤住秋风不放杯。

## 三

丹枫待雪在重阳，清梦留痕彩蝶妆。
莫道相逢言不尽，三杯老酒润枯肠。

## 四

（新韵）

几处榆杨掩瘦眉，桃花落罢雪花飞。
春秋梦里昏昏度，错把冰轮当酒杯。

## 五

霜枫血色入重阳，沉梦霞辉辨蝶妆。
未道归鸿思怎尽，孤杯饱墨涤柔肠。

## 六

（新韵）

一岸榆杨扫旧眉，三秋菊露送鸿飞。
烟云漫日幽幽度，怎个冰壶满酒杯。

# 第五篇　低吟浅唱与君酌（杂吟）

# 风花雪月茶荷酒

（分咏）

## 风

轻摇二月枝，芽嫩叶柔姿。
也是丝纶手，敲春抚我诗。

## 花

仙子下瑶台，春风做饰才。
江南虽百卉，可有碧桃开。

## 雪

天庭露著花，偏是遇风沙。
不叹身心苦，晶莹透晚霞。

## 月

寒夜自频斟，枯诗做慰吟。
银辉羁此久，何日照君心。

## 茶

谷取清泉水，虾腾一盏汤。
宵熬情冉冉，呼入齿留香。

## 荷

丹青十里风，一幅写湖中。
若得君常住，不教瘦笔空。

## 酒

孤旅醉唯求，风清可去愁？
今春圆皓月，心底绪如流！

## 远方

瀚海起春风，都城柳欲葱。
忽思人远道，可有鸟啼同。

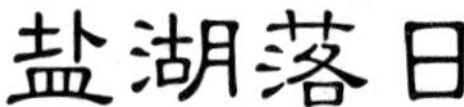

# 盐湖落日

盐微均五味，湖彻见真心。
落照谁分影，日明思貌愔。

## 梨花

四海正青葱，昆仑一色同。
霜梨清秀日，把酒谢东风！

# 庆元宵

又到月圆时，花灯挂树枝。
文人挥笔墨，百姓舞龙狮。
喜奏元宵曲，欣颁祝愿辞。
高山流水画，福运动瑶池。

# 春风小苑

## （藏头三首）

### 一

春彩融融释冻塘，风吟鸟唱柏松香。
小词一阕青青调，苑里弦歌播远方。

### 二

春入诗湖赋入舟，风从雅致兴从流。
小荷可有争春意？苑结东天子共游！

### 三

春上阳台雨湿鬟，风波尽日转南山。
小楼空阁凝人语，苑锁池塘越女闲。

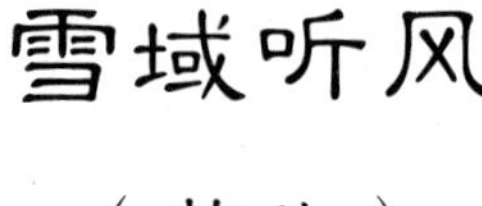

# 雪域听风

（藏头）

雪点寒梅小苑春，域中诗意渐迷人。
听泉滴醒村边柳，风递笙歌洗旧尘。

## 瀛山一石

（藏头）

瀛洲故土却归迟，山霭苍苍望路痴。
一盏春风三盏酒，石盘之上一枰棋。

# 盈盈一笑

（藏头）

盈庭小径白莲塘，盈指舒来泛水光。
一片荷花欣落笔，笑书高洁在家乡。

# 欧阳牧诗

（藏头）

欧墨吭歌与子吟，阳春曲调入谁心？
牧羊坡下格桑笑，诗酒三杯唱可斟！

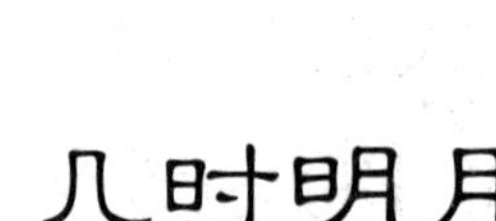

# 几时明月

（藏头）

几回疏雨落谁家，时把金樽问晚霞。
明镜不语千斗酒，月高可照俏梨花！

# 格桑梅朵

（藏头）

格古通今不所求，桑田稻泽话春秋。
梅含露蕊知冬近，朵朵精神叶叶柔。

## 艾月幸福

（藏头）

艾叶绿花谁剪刻，月边吹落上清词。
幸同苍翠波澜阔，福起诗亭笔墨痴。

# 雪映红梅

（藏头二首）

## 一

雪花飞至百花残，映得山川意境单。
红叶不消清一色，梅梢笑舞报春欢。

## 二

雪下村头景不同，映门飘入暗香风。
红尘尚有春天色，梅笑人间也醉翁！

# 怀念如灯

（分咏）

## 怀

浩气冲天唱九歌，龙舟逐赛竞云波。
忠魂且慢行将去，把酒同吟壮志多！

## 念

至今汨水泣无边，那许哀思罩楚川。
天问离骚常梦里，三杯艾酒敬前贤！

## 如

汨罗逝水若回流，绝恨诗情少负忧。
可叹生时终未遇，烟波江上恨悠悠！

## 灯

繁星点点挂乾坤，一盏明灯照众门。
多少红尘寻梦客，子规声里泣忠魂！

## 一壶酒

（三首）

### 一

窗前飞雪冻成珠，案上温烹酒一壶。
最是千杯尝尽后，孤灯只影踏清途。

### 二

俗事从来扰乱心，且将余力补更深。
一壶老酒温寒气，读罢诗书月已沉。

### 三

大雪纷飞掩户身，昆仑山下话犹真。
当时别处留壶酒，可有开窗饮与春？

# 腊月

（三首）

## 一

霜厚冬浓冷入心，圈栏牲畜尽消沉。
大寒忽遇侵流急，更结冰川九尺深。

## 二

谁惹清愁入眼来，飞零霜色落窗台。
行人试问离乡意，可趁今宵满月回？

## 三

未觉隆冬去已多，庭前稚子转春螺。
今朝许酒家园月，除夕乡情共一歌。

# 悲歌

## （三首）

### 一

似说东君别有情，南坪枯树可新生？
年前旧梦惊魂乱，客里春风泪染程！

### 二

起处寒风地满霜，更无鸿雁送斜阳。
一身瘦骨含诗意，万里长歌酒不香。

### 三

记得初年那片云，轻挥数笔画钗裙。
如今偏过秦娘渡，冬雪冬霜乱解纷。

## 小寒

墨池镜上雾淞花，时把青毫盖玉纱。
夜火酒温无梦寐，杨堤落絮到谁家。

# 冬至

客舍枝墙锦玉堆，时光各半至今回。
若非醇酒熏寒气，总忆柴炉豆火煨。

# 城池

湖边楼畔结春迟，柳岸桥头少剪诗。
把酒不妨垂复钓，吟歌三月月如眉。

# 留下

乱叶孤桥舞未平，凝寒梨雪夹枭鸣。
春风不到何须急，可守亭前皓月行。

# 冬至时节

冬青树上挂凌霄，犹似银霜落钓桥。
常忆故园杨柳下，紫壶偷酒雪前浇！

# 偶遇

故事成书水上烟，声尘尚有几分牵。
诗肠未在今宵瘦，应谢梅香到素笺。

## 青海湖

一如平镜立尘寰，万里清波任暖寒。
欲举金杯装做酒，怎知此域水云宽。

# 沙枣花开

白沙渠上数枝开，遍布清香惹蝶来。
曾喜枣酸尝不尽，如今花影为谁栽！

# 空白页

空庭静静月如霜，白纸一张少墨香。
页面翻开多寂寞，春来无雨懒朝阳。

# 牡丹

慢倚东风做笑颜，花须泉眼各无闲。
清容昨夜方开遍，便展丹青小案山。

## 新春

东风笑送去年尘，爆竹声中酒愈醇。
时至金鸡昂首立，昆仑红日照新春！

# 往事

往来长恨阻归期，昔日疏梅少酒词。
清影如今溪照晚，逍遥不得饮豪诗！

## 酒事

花开花落酒相知，常举金樽盛美词。
今日与君歌一曲，来年邀月醉成诗！

# 草原情怀

昆仑山下翠轻柔，欲入丹青惹韵流。
可放凡人千万绪，红尘此处尽春秋。

# 那只鸟

北归燕子可曾停？十里蒹葭未露青。
柳岸风寒人不遇，夕阳斜跨望芦亭。

# 油菜花之恋

远行却被菜花留，片片芳香沁骨柔。
别有玲珑摇倩影，虽无红袖也风流。

## 折柳送别

九里郊林绿满天，折枝把手送流年。
清风未解人间苦，一任青丝挡眼前。

## 公园怀远

闲云浮影自悠悠，来去游人春复秋。
试问逍遥何处有？平湖镜里泛渔舟。

# 儿童公园垂柳

粼粼碧水映楼台，景色清明日月裁。
不问风光何处好，凌空垂下数枝来。

# 老榆

庭前叶茂好遮凉，花落人闲昼愈长。
又是一年春老去，榆钱无数出高墙。

# 夏都牡丹

醉眼蒙眬赏牡丹，含羞待露似天仙。
夏都若是常相住，管叫秦淮泪洗颜！

# 夏雪

西海春风舞未闲，桃花飞玉竞娇颜。
东君或许知心意，任叫清纯逗世间。

# 端午

驱邪插艾保平安，也识龙舟弄水欢。
岁岁招魂悲愤地，汨罗应叹九歌残。

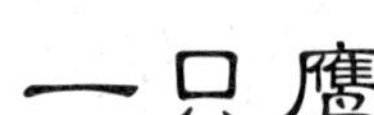

# 一只鹰

追风揽日踏云波，沐浴清华在银河。
但有长空鹰做伴，艰辛饮遍又如何！

# 莲花湖

莲花湖畔钓人居，柳陌松林静坐舒。
自在风轻明媚日，伴君三五卧青庐。

# 走进昆仑

白雨成帘挂满川，南坡新草绿连天。
封台不见诸仙道，遁隐人间一万年！

# 秀沟

野菊兰花夏水流，炎阳忽雨戏轻柔。
莺声唱起风吹近，此处青山不带愁。

# 玉珠峰

尽阅山川那处娇，精灵踏雪自逍遥。
神峰能立凡人意，一抒情怀郁念消。

## 无极龙凤宫

宏伟雄宫气色青，柔风细语若叮咛。
山门频见经碑立，道韵明光沐净灵！

# 瑶池

清蓝碧墨染瑶池，稻草围腰百万丝。
天地衔接来此处，长歌彪马最相思。

# 清水河闻笛

疏树河边草色青，柔风细语若叮咛。
远山频送伯牙曲，笛韵声中落醉蜓。

图书在版编目（CIP）数据

低吟浅唱 / 王启万著 . -- 秦皇岛：燕山大学出版社；北京：社会科学文献出版社，2019.12（2026.1重印）

ISBN 978-7-81142-849-0

Ⅰ . ①低… Ⅱ . ①王… Ⅲ . ①诗集 – 中国 – 当代 Ⅳ . ① I227

中国版本图书馆 CIP 数据核字（2019）第 155746 号

低吟浅唱

著　　者 / 王启万

出 版 人 / 陈　玉
责任编辑 / 柯亚莉　杜文婕
文稿编辑 / 李　伟

出　　版 / 燕山大学出版社
地址：河北省秦皇岛市河北大街西段 438号
社会科学文献出版社
地址：北京市北三环中路甲 29 号院华龙大厦
经　　销 / 全国新华书店
印　　装 / 廊坊市印艺阁数字科技有限公司

规　　格 / 开本：787mm × 1092mm　1/16
印张：14.25　字数：124 千字
版　　次 / 2019 年 12 月第 1 版　2026年 1月第 3 次印刷
书　　号 / ISBN 978-7-81142-849-0
定　　价 / 58.00 元



如发生印刷、装订质量问题，读者可与出版社联系调换
联系电话：0335-8387718